CHUNQIU

春秋诗札

SHIZHA

徐锋 著

江西高校出版社

图书在版编目（CIP）数据

春秋诗札 / 徐锋著 . -- 南昌：江西高校出版社，
2024. 8. -- ISBN 978-7-5762-4891-3

Ⅰ. Ⅰ227

中国国家版本馆 CIP 数据核字第 2024TR9911 号

策 划 编 辑	邓玉琼	
责 任 编 辑	万丽婷　闫冰洁	
装 帧 设 计	邓家珏	
责 任 印 制	李德花	
出 版 发 行	江西高校出版社	
社　　　址	江西省南昌市洪都北大道 96 号	
总编室电话	（0791）88504319	
销 售 电 话	（0791）88517295	
网　　　址	www.juacp.com	
印　　　刷	浙江海虹彩色印务有限公司	
经　　　销	全国新华书店	
开　　　本	880 mm×1230 mm　1/32	
印　　　张	5.25	
字　　　数	87 千字	
版　　　次	2024 年 8 月第 1 版	
印　　　次	2024 年 8 月第 1 次印刷	
书　　　号	ISBN 978-7-5762-4891-3	
定　　　价	78.00 元	

赣版权登字-07-2024-379

序
熔古铸今的历史书写

◎王彦山

在江西省修水县，一条发源于幕阜山脉的河流穿城而过，河边有一群人，他们常常聚在一起谈古论今。这群人中，不乏在国内文坛颇具影响力的小说家，也不乏到处攻城拔寨占领各家文学刊物版面的散文圣手，有实力又低调的诗人更是开始崭露峥嵘。这构成了当地的人文景观，也成为江西省文坛一道亮丽的风景。其中，有一位年过花甲的先生，2023年才在这些朋友的"怂恿"下开始写诗，竟颇有建树。这个人，就是徐锋先生。

认识徐锋先生，也要从2023年年底说起。彼时，我正在江边写字楼的33楼忙于案牍工作，我的兄长、诗人陈伟平打来电话，向我提及此人，简要介绍了他的创作情况，并提及出版事宜。当时计划忙完手头的活计，然后回山东老家过年，就一直没打开伟平兄事后发来的书稿。春节后返赣，在一个午后，我打开了徐锋先生的诗集《春秋诗札》。读完这92首诗，我很快就联系了出版社的朋友，并有了后来的修水之行，以及与作者的相识相知。现在，徐锋先生的诗集即将付梓，嘱我说几句，盛情之下，其实难却。就我一些粗浅的阅读感受来说，我觉得徐锋先生的诗歌创作具备三个主要艺术特征。

一是鲜明的人文色彩。从后来有限的接触中，我了解到作者在初中毕业后的1979年开始接触先秦文学。从最初的《论语》到《尚书》《诗经》《国语》《逸周书》《周易》《道德经》等先秦经典，作者一一熟读。作者遵循的是传统私塾里的读书方法，就是先将要读的书抄下来，然后再开始断句。这种看似笨拙的读书方法，其实也是最有效的阅读方法。在这种一知半解的阅读经历中，作者尤其推崇《论语》，从诗集里多次写到孔子可见一斑。正是长期受先秦文学的熏陶，无意中为作者埋下一颗古典文学的种子，打下了他的人文底色，并让我们看到今天的开枝散叶、葳葳蕤蕤。作者这种人文色彩的建立，如果追溯源头的话，不得不提到他的父亲。作者跟我聊起，就是这个生于1922年"打得一手好算盘，写得一手好字"的私塾老师，在他15岁时给他找了本《论语》，并以每月给5元钱为条件，开启了一个少年的文学之旅。

二是深厚的古典精神。作者以思接千载、视通万里的时空感为我们再现了历史的风云际会，并以一种近乎不可能完成的努力来达成和历史的对话。在作者以诗写史的过程中，动用了大量的先秦文史资料。没有一定的古典文献的积淀，读起来就显得格外费力。这种阅读难度的形成，其实并不在文学层面，而是字里行间的古典精神。比如，在《孔子归鲁》中，作者笔下的至圣先师"有时像丧家之犬／有时又像决斗的勇士／在所有极端和对立产生的地方／你把智慧献给顿悟的双眼／把阳光下的尘世／献给扮演远大理想的人"。作者在对孔子再现和重塑的过程中，采取了平视的视角和拉家常一样的叙事策略，这种底气除了来自对文史资料的熟稔，更多的是刻进作者骨子里的古典精神的自然流露。让人欣慰的是，作者并没有完全浸润在古典的氛围中，而是走出窠臼，完成了现代性的转身。在与《孔子归鲁》呼应的《孔子去鲁》中，作者一开笔就写道："没有什么比土地更慈悲的／那些伤的，痛的，错的／后悔的，黑暗的，死亡的……／还有与空一样空的／都已在土里重新生长。"这一去一归，又何尝不是作者在古典和现代之间的自由切换？

三是娴熟的诗歌技巧。技巧是支撑更从容表达的不二法门。你纵有万丈胸襟、干云豪气，如果没有一定的技巧做支撑，也是徒劳。从作者的后记里我们得知，他从有限的现代诗歌的阅读经验里，很快找到了古典文学和现代诗歌的结合点，并建立起自己的一套架构历史的方法论。我甚至怀疑，作为泥瓦匠出身的作者，是直接把现成的建筑经验嫁接到诗歌写作上，并结出独属于自己的果子。这种经验的结合，或许是个体无意识行为，但诗歌写作又何尝不是一门手艺活呢？试举一例，在《我想扯下一片夜色》这首诗中，作者从"绚烂的黄昏／落在公室斗鸡场上"写起，看到"顺着蒙山而下的泗水／是一条清澈的思念／流过曲阜时／凝结成层层冻霜／覆盖在姬姓祖坟山上"，再到"鲁昭公从曲阜逃至阳州／太阳落下，佞人妄作"，直到"飘忽的大雪／淹没了请祝宗祷死的昭子／也将落叶掩埋"。在作者移步换景的推进中，整首诗看似明白如话，波澜不惊，但其实又气象万千，比如时间、空间，又如大成若缺、大盈若冲。

以上三种特色，是我通读《春秋诗札》后的三种感受，也是徐锋先生作为一个成熟诗人的核心要义。作者在写作这本诗集之前，几乎没有现代诗歌的阅读和创作经验，他的诗人气质和天赋更像是自然的产物，所以在具体的写作实践中，一些不足也是显而易见的，比如叙事角度过于单一，语言肌理不够深入，表达手法同质化等。不过我相信这个初入诗坛的"新人",在小试牛刀后,一定会打通语言的壁垒,为我们蹚开一条诗歌坦途。

行笔至此,眼前再次浮现一条大河,河畔,一群志趣相投的朋友围炉而坐,每人手捧一杯菊花茶或宁红,茶叶在杯子里浮动,渴饮它们的主人以文字结盟,彼此照亮。不远处的大河泛着粼光,不疾不徐地流着,流过宁州古城,流过黄庭坚,流过陈门五杰,也流过这群相谈甚欢的朋友。其中一个叫徐锋的先生,刚过 60 岁生日,他也因刚刚完成一首诗,看起来格外生动、年轻。

是为序。

目 录

滗出一个黎明

那一夜，花开数朵

独无蝶飞

梦里的曲阜还在

鲁礼还在

宋国的郜国大鼎也在

出窍的灵魂

站在风化的文石上

呼喊着放下梯子

就在当晚，露珠笑了

房心分野之地开始哭泣

华父督制造出恐慌

孔父嘉和他妻子

选择追逐阳光

我的手从远古伸过来

让黑夜滗出一个黎明

王道荡荡

你傲立晋国庙堂

让人敬畏。但并非不可触碰

我在午后阳光的嗞啦声中

打开你在树木间储藏的温度

只要你在

秩序就会重新归位

动荡会回到静谧

你告老还乡时

力荐仇人解狐为相

解狐与羊舌职大夫死后

你又推举儿子与副手

祁奚啊

你用黑色符号构建的宦海美文

正如一群饥饿的麻雀

在雪地上觅食

我想为你写一篇祭文

焚烧给你

让火光点亮我迷茫的双眼

水中的微笑

那盏点亮于子夜的油灯

像一条清澈的小河

流淌着温婉细语

那是范氏家臣王生的声音

私仇不害公事

喜爱不掩过错

道义的常规

不是将善良踢出门外

张柳朔啊

君子死于国难的大节

就像小河里的鱼

只能读懂水的温暖

读不懂你额上动人的鳞片

以及你在水中的微笑

小河尽头有个背影
是你，是我，也是鱼

鲁礼睡着了

我以为在礼仪之邦的国度里

儒雅会像泉水般充盈溪谷

鲁国卿大夫没有迎接第一夫人

鲁礼已经沉睡

山泉忽然咆哮成浊流

涌入奢华典雅的公室

出姜啊，你可知道

揭去盖头并清空记忆的日子

适合你死去

十四年后的哭泣

没有让襄仲放下屠刀

我想，那时的

曲阜急需一种急切的鸣叫

泗水急需一艘逆流而上的船只

黑铁的颂唱

远古的旷野裸露棕色的笑意

与落日和风雨驻足皋陶之墟

涟漪荡开的自我欢愉里

赵盾一边坚守法治

一边关注百姓

在麻雀与苍鹰用翅膀扇动的

甜蜜尖叫里

有着"夏日之日"美称的君子

不惧攻讦与诬陷

一如大地般，微笑

即使它慢慢扭曲并一度被抹去

那长长的曲线最终也会隐入清晨

夹谷会盟

云落在夹谷会盟之地

也落满在鲁齐二侯之身

哪里很干净呢

囚禁于黑房子的简书

正忍受黑暗的欺凌

孔子挥剑斩杀莱人

那份勇敢和义正言辞

让千万个犁弥

也难以企及

三卿为众

栾武子的特殊之处

是能用一根木柴将火烧旺

尽管支持他的人是少数

仍让大家听从于他的决断

只是楚军因此逃出生天

多少念头都能让一段流水理顺

他三占从二就是三卿为众的辩解

就像白马非马的传说

我陷溺其中

像一只被阳光压下去的断桨

古之遗爱

请不要诅咒子产

这孔子眼里的古之遗爱

像寒冷里的一膛炉火

即便你远远地看到火光

温暖也会流遍全身

你标新立异的见解

如同锋利的刀斧

猛地砍在一棵树上

战栗会传遍整个森林

正在遭受种种无常的人

失去暂时逃离的地方

郑国众庶的心里

珍藏着一首可以疗愈你的诗

一束缓慢打开的光

心以制盟

彼岸花尚未凋零时

天堂和地狱各有一个黑洞

朝着昨天的誓言张开

嘲讽徘徊的鲁吴二侯

子贡不相信它能吞下鲁国

却担心有人将梯子搬回地狱

抑或黑洞里探出无数条绳索

太宰嚭体内的暗河正逐渐干涸

在夜的泽国里时沉时浮

盟以周信，心以制之

这圣人之言像信使

也像爬树的金蝉

因缓慢而辉煌

犹如琥珀中的同类

信念

那条路，承受太多压力

连路旁的野草都在为它落泪

十九年来

匆匆奔逃的重耳

如同捡荒者

弯腰将日子一次次扶直

假使要从其中

抽出一个更残忍的想象

如羁旅之人怀了故乡梦

饥饿与惶恐

又将他拖至异乡

即使申生自杀了

他也始终坚信

瘴雨蛮烟不会遮住一切

这飘零之人

一手掸落仆仆风尘

一手捂紧心头的裂痕

名器

修谱时为人立传

如同古人眼里的名器

不可以私相授受

卫侯假于他人

他的天空开始下雨了

端坐纸上的人

具有良好的功业德行

而私封的新筑大夫

不过是救了桓子

仲叔于奚

请竖耳聆听今夜的雨声

假使你还能善待

尚在风里行走的人

你可以立一座不朽的丰碑

时间这只残忍的手
已将孔子的理想撕碎
血脉里守望相助的骨头
长不出一个姓氏的气节
只像一本生了虫子的族谱
除了风雨，还是风雨

鲁道有荡

血，在敝笱里

裹挟滚烫的残阳

陪文姜归宁的鲁桓公

翕动了一下嘴巴

鲁道有荡，齐子遨游

这路上的君夫人

带着娇喘与亢奋

禚地和祝丘

还有东阿阿胶之地

都留下了她与齐诸儿

粉色的印迹

假使不处死彭生

史官该如何安顿那些

躁动的心

那将是多么失落

那骆车，那泰山

那周礼的渊薮

那扩张的人的现世

心秤

麻雀嘲笑大鹏时

象罔找回了黄帝的玄珠

不知斤两的随国君主

正拿鸡蛋碰石头

假使老鼠没有牙齿

就不会啮咬你的墙壁

随侯啊，看那挡车螳螂

已将血水洒在潮湿的路上

你虽以屈辱求得短暂的和平

但百姓的牛羊

被太阳底下的黑暗吞噬了

迷惘的子夜里

风会忽然改变方向

这轻重之事

要用心秤来衡量

我想扯下一片夜色

绚烂的黄昏

落在公室斗鸡场上

皮甲输给金属爪子

连风都跟着跑了

顺着蒙山而下的泗水

是一条清澈的思念

流过曲阜时

凝结成层层冻霜

覆盖在姬姓祖坟山上

鲁昭公从曲阜逃至阳州

太阳落下，佞人妄作

有些人的呼吸开始急促

鲁昭公想起子家子说的话

但他的心思早已不在那里

飘忽的大雪

淹没了请祝宗祷死的昭子

也将落叶掩埋

我想扯下一片夜色

在这寒冬点燃

白梅

季文子家丧幡如帜

哭泣溢出时空

带着悲伤与诧异的鲁襄公

凝视那张惨白精瘦的脸

那孔子眼里的圣洁灵魂

有人将一枝白梅放在他胸口

借亘古风述说他的忠贞文雅

尽管天空笼罩着灰霾

逼仄的房间适宜心存旷野

永不缺席的一朵白和一段香

对应他胸怀中的山岳

对应这侍奉三朝的鲁国正卿

这一屋清香散发出来

就是天地间的万里新春

追求

星星涂鸦夜空的孤独

月亮轮换了时空

这一如既往且说不清的皓洁

浓缩了知罃的智慧与坚毅

让楚共王发出不可与晋争锋的感叹

面对那不凋于岁寒的松柏

我把发烫的脸颊葬于漫天雪野

朝着光明发芽

云者为雨乎？

雨者为云乎？

我只能在黑暗中

摸索唇亡齿寒的道理

祭祀的黍稷不再丰盛芳香

鬼神不会亲近哪一个人

虞公眼里的同宗同族

只是先人的足印

不是挂在高处的靴子

望着生来就黑的乌鸦

不是经过洗涤才白的海鸥

我相信在自然面前

方内会朝着方外的光明发芽

爱是拐杖

蜜蜂对花丛的迷恋

像哀姜对庆父的痴情

原始又不失纯真

爱是一场梦幻

不遵循时间的规律

尘埃飞起又落下

这有形与虚空的博弈

验证了情感愈合的真实

时光流转

哀姜对他的情愫依旧

那些留在记忆里的永恒

是她不惜身败名裂

也要把心安葬在爱的深渊

两千六百年的时光

吞噬了多少红尘烟雨

对这纯真之美

历史从未刻意而为

虽然心里迷茫又渴盼

但要将这美结束了断

也未必如其所愿

即使庆父已与正义渐行渐远

哀姜的爱也会临近那里

给他欢愉与甜蜜

她悲伤的凝视

无休无止

假使驿差将包裹

送到泥土膏肥之地

她依然会以爱为拐杖

决然前行

善待

晋惠公，我珍爱过你

就像小时候珍爱一颗糖

舔食一口后随即收藏

我对你说土地与庄稼

你却说金玉与权威

并将它们置于共生共存之上

这皮与毛的关系

不是背施幸灾与贪爱怒邻

即使只剩下一张糖纸

你也要善待它

把它珍藏起来

赶牛鞭去哪了

禹州还在，息县还在

赖国与姬颖消逝于雾里

赖侯反绑着双手

嘴叼玉璧，袒露着背

楚灵王轻慢而喧嚣

许国迁于赖地

高大的城墙早已筑就

君王的愿望

再次得到满足

申无宇走了

楚地空留长叹

遥远的天际

老子赶着牛群

手上没执赶牛鞭

孔子去鲁

没有什么比土地更慈悲的

那些伤的，痛的，错的

后悔的，黑暗的，死亡的……

还有与空一样空的

都已在土里重新生长

黑夜不会永远吞噬灵魂

八十女乐与三十文马

最终会在宗庙炸裂

孔子啊

你晦暗于深渊与至高之处

现在要离开出生地了

连落日下的两只鸽子

都在为你忧伤

失望在缓慢延续

兽性的种子，在暗夜发芽

没有肃恭的郊祭

不再上朝的季桓子

是你去鲁的最后一根稻草

发呆的鸽子飞走了

空气里飘来幽幽的歌声

彼妇之口，可以出走

…………

短视者

莛地迎来第一次潮湿

空气里带着海风的咸腥

鲁侯与齐大夫的盟誓

像脸上涂抹的胭脂

等到黑夜分娩出白昼

护送公子纠回国的军士

只顾一个劲地往回跑

鲁庄公用管仲换来短暂安宁

也用公子纠和召忽的生命

一双双脚印

都在寻找消失的人

和那夜幕下细微的光斑

这是齐小白的先知先觉

还是尘世的不知不觉

无声暗度

鲁昭公墓地南面的空地上

有人挖掘一条深沟

将昭公的坟茔与公室陵园连成一片

如同一座巨大的死亡宫殿

我想问孔子这个大司寇

为什么要扩大墓地

规矩与恩施碰撞出火花

权威已高于礼义

后世难以知晓

何为可为

何为不可为

我凝望浩瀚而深邃的夜空

想把眼睛磨得比刀还锋利

墨绖从戎

如此愤怒的一天

重耳薨了，秦军来了

失去阳光的那一刻

晋军染黑了丧服

敌人丢盔弃甲

所有的不幸

随孟明视与白乙丙的被俘

瞬间消散

无神之讼

没有人懂得鲜血的思想

它如此真实地从叔武的胸口

流到锁骨凹陷之处

慢慢变成一串红玉

一棵清新之树倒下了

仿佛暗夜里绽放的

紫色曼陀罗

这得经历怎样的一番迷茫

才能使他安然离去

他的灵魂与肉体

已被秃鹫一口口吞噬

唯有身下的泥土

留下抹不掉的痕迹

时间接纳赤诚少年

史官接纳了他的一切

长发、白衫与坦荡

以及温柔如丝绸的手帕

这摄政君主

能使尘世变得愈加沉重

可他只在嘴角留下一抹

令人心碎的微笑

清风俯身在一朵木槿花上

我不知它们交流了什么

但看到了春秋时期的诉讼

卫侯不胜，卫侯有罪

晋文公的法槌敲响

做出的判决像一艘纸船

那朵木槿正缓缓枯萎

我相信它来年会全力绽放

拾级

不是为了显示威严

东门襄仲

以重金赠送秦国使臣西乞术

重重叠叠的脚印

没有把鲁国的地面压垮

他对秦使的无上赞美

让秦国依然是鲁国的远方

那条蜿蜒坎坷的山路

已矗立伸向天空

鲁人拾级而上

无道曰灵

一场落在薄雾中的细雨

淋湿了黎明

也淋湿了百牛百马的哞叫

回撤的齐国大军里

夹杂着齐灵公的笑声

以及寺人夙沙卫的得意

我终于相信"灵"这谥号

有着无道昏庸的含义

站在这不知停歇的细雨里

我成了被淋湿的一部分

时间的两端

臧宣叔执掌鲁国朝政

下令整顿军备，赋而缺一

肥美的牛羊在草地上撒欢

远方的亲人

正在赶来的路上

暗流在地底涌动

一些手和眼睛

筑起无法翻越的高山

曾经温馨的生息之地

变成一盏无用之灯

照着潮水狂热的悸动

襄仲和三桓阴郁的眼神里

蓄满不怀好意的冰川

休养生息的鲁国

站成了时间的两端

学在四夷

鲁国朝堂上

郯子在讲述古代官制

没人相信那么小的国家

会有这么博学的人

幸而礼仪之邦的国度里

有孔子、左丘明……

这一盏盏明亮的灯火

有我的景仰与欢喜

火光快灭了

郯子仍在讲述

专注而不留瑕疵

消失的星星和月亮

让人回过神来

苍穹倾泻的薄雾

流淌在黑夜与晨曦间

流淌在山谷与溪流处

天亮了，窗帘被拉开

阳光照在郯子身上

孔圣人感叹学在四夷

莫名的惆怅

像秋风中的枫叶

漂染着郯子脸上金色的光泽

万物皆有归属

我讨厌你甚于老鼠

我被别人掳走时

施孝叔，你沉默无语

没有阳光的世界里

我仅需一个栖身的洞穴

和守护的你

你却选择逃避

蒙山的冬天无比漫长

你不要责怪终日不化的雪

它只是一盏点亮的山灯

我捧着竹碗的孩子

在风中摇摆

当别人把我还给你时

你却将他们沉入呜咽的水潭

万物皆有归属

我哥哥子叔声伯与你同类

都把我当作牲口

难道我来到这人世

只是为了寻找一味苦的解药

如果真是这样

我就打包自己的骨灰

寄给明天的太阳

董狐直笔

是历史让虚无有了形状

还是虚无忘记了原本的模样

我选择相信董狐那支直笔

敢于书写"赵盾弑其君"

时光烟雨里

有几只流浪狗

从荒野探出头来叫嚣

瞧那只黑猫，长成了人脸

这是孔子笔下的古之良史

我看不清他的面部表情

只能对一条狗谄媚地笑

仍旧被它有意忽略

克己复礼

一条熟悉而又陌生的道路

有人不停地往返

沿途风景早已烂熟于心

记忆里的起点应该在乾溪

那是申亥的家

亦是楚灵王自缢之地

篝火边跳跃的原始人

带着从火堆里捡来的木炭

在一场盛大却无人问津的仪式中

强拉尘世的愚人歃血为盟

只是这些入局者

未能守住本心

未能守住那一星摇曳的灯火

更不用说与蛇保持距离

呼啸的风绕过每个拐点

在这条道路上

拉锯千年

生活在噩梦里的文人

忘记了自我

没有为自己点燃一把火光

飞鸟落脚在克己复礼的路上

模仿孔子空荡的号叫

这叫声像缝补留下的针脚

并不整齐却过于真实

几个埋头思考的人

曾子及孟子之类

沉寂半天后，像喝醉酒一样

猛然抬起头来——

谁不想发光

古之遗直

时空里有他的回声

也有后辈记忆中的倒影

教化为先，刑法为辅

才是适合茫然尘世的光环

在一道云影追逐的斜坡上

他孑然而立

不因三尺之忧而停下脚步

也不包庇亲人

那些自诩与他同道的人

在万世虚空中凌乱

他欣赏引导小鸡啄食的母鸡

包括把孩子含在嘴里的非洲慈鲷

有一段时间我注意到

当主人以口哨召唤他的犬时

多数路人都会回头

只有叔向——

这孔子眼里的古之遗直

立在风中一动不动

是则是效

你尖锐的自责

泛着铁器的冷光

有如刺向自己的矛

只是木柄早已毁坏

我依然钦佩你

一次失礼受辱

用终生改过

孟僖子，你的言行

感动了圣人

激励了南宫敬叔

也熏染了你的七世孙孟轲

愿景

抉择后的惬意

是邾文公心中的愿景

源于一个爻的变化

迁则利民，不迁利君

良知未灭的邾侯啊

唯你能预知死亡的降临

望着周平王的出发之地

我想起古公亶父迁于周原的故事

远方无虞

而你沉睡入梦

尊严

我不会向天空归还

这一路尘埃

包括手中的草木

寂静的共池里

盛满怀璧其罪的言辞

虞公与虞叔在天国相遇了

古老虞国的风雨

正沿着凄凉而攀缘

尘世这隅

我独坐无语

纵然他们不能起死回生

也让逝者涂抹脂粉躺进棺材

死要面子

是为生者讨回尊严

转身

飘下的不是流光

是你与他立在高台的身影

伪装成鲜血

相互涂抹在彼此的胳膊上

像褐色土地上交颈的两匹骏马

以唇舌为对方舔去忧伤

你不在乎花朵颓败

割臂之誓，无惑的本真

你的肌体已与他同等润泽

党姓美人孟任

赢得了君王爱意

这华丽的转身

使党姓变成了党氏

姓氏之分在这块土地上

留下深深的爪印

子般以庶子成为君王

枯叶还在树枝上颤抖

模仿麻雀或雪花

谁说人生只是浮云

前方有更好的流水和草地

解救

鲁庄公为了纠正过失

在朝堂罪己

如同为了解救一截木头

用斧头、锯和刨子

开榫断肩

雕琢出美丽花纹

但鲁庄公怎么也解救不了

仲庆父那些睡在刨花里的虫子

它们已形如残骸

轻轻一磕，就会掉在地上

留下一条抻长的影子

时空之镜

别把申包胥的复国之梦

悄然移向暮色深处

他用七日恸哭和九个响头

换来了《无衣》及秦国大军

深重的暮色里，镜子移动着

世人最后看见的

是它映照的钱塘大潮里

伍子胥的魂魄在哭泣

走出山林的楚昭王

坐在暧昧的枣木雕花间

无数灯笼像镜子那样

将此刻照成空白

地狱空了，阒无一人

只有偶尔闪现的神秘磷火

妥协

小鸟没有啄食笼子里的食物

嬴氏也不敢跟随太子围归去

只让飞旋的雪花带走她的眼泪

这妥协之美

仿佛天穹深处伸来的树枝

摇摆于风雨中

我也爱向雪花妥协

假使我去追逐

就会浪费好些时光

初雪姗姗来迟

我在期待

围剿

一边是无声迫近的

草绳拖网

一边是赤裸少年在水中

用石头敲击石头

惊恐的鱼儿盲目奔逃

犹如鄢地山谷的京城太叔

无法逃离郑庄公的倒八字阵

武姜绝望了

卡在时间深处

她极度溺爱的幼子

钻进了长子放置的鱼篓

那双黑夜给予的黑色眼睛

彻底沉没于收缩的瞳孔

第三种颜色

蛙鸣撵走蝉吟

凉爽的风

带来竹鸡的鸣叫

母亲告诉雍姬

人尽可夫

父亲却是唯一

人生不只是黑与白

某个梦里

会多出第三种颜色

亲亲不相隐

魂归大地的梧桐树叶

肩负着一种秩序

康叔凝视十一世孙州吁

落日将石厚的咽喉割断了

那嬖人孕育的嬖子

为何不能隔一道门槛

假使亲亲皆能相隐

心的归宿又在何处

象帝之子

雪在呼喊，风在哭泣

鹰馆变成枭鸟巢穴

插在鲁隐公胸口的箭

发出阵阵寒光

那一地殷红

已被白雪覆盖

逝者坐化朝堂

冰凉是另一种温暖

姬允盘踞在君主位上

圆了羽父多年的梦

一张张被阴影笼罩着的脸

在皮里阳秋中浮现

那象帝之子

像残网上的蜘蛛

围绕原点旋转

枯叶飘在泗水

凝雨融入曲阜黄昏

我收回视线

从纷乱中取出自己

二子乘舟

日头酣睡咸池

燥风尚未风干淇水之鱼

插上翅膀的卫宣公

先烝继母，后纳儿媳

愿言思子，不瑕有害

听着这幽幽的歌声

我惊呆于这黛色之夜

那叶挂着黑边白旗的扁舟

载着伋子和寿子走了

我的心弦被无形之手拨动

想悄悄弹奏一支船歌

还想给二人送上拐杖

却被左先生阻拦

他认为那边的路

会比这边平坦

弦月

从带有尸骸寒意的隧道

走出有温度的太阳

不及黄泉不相见的誓言

纯孝的颍考叔

爱母而施及郑庄公

我被感动了

如饮醉的黄昏

落霞匆匆坠入隧道

短暂的欢愉

像没熬过中午太阳的晨露

让一天的微尘慌乱四起

光芒不会突然衰退

黄泉里没有复活

望着挂在空中的弦月

我握紧残存的亲情

解开形体的风

我无法言说母亲对儿子爱的深度

神明不假思索地说无与伦比

我不会相信

芮姜将儿子芮伯万

驱逐至魏城

燥热的夏夜

抽来一记耳光

落在我黑红的脸上

这是她对我的报复

那膨胀的欲望

如同解开形体的风

散佚于每个角落

我看见另一个母亲

正对着孩子微笑

后院月光下

有静静的水声

那是爱人在为孩子浣洗衣裳

亲情是包容

哀姜被娘家杀死了

尸体归还鲁国

世上万物由于名利

必囿于自身的得失

陈腐的三从四德

总与崇尚自由的妇人相遇

纯粹的自然里

高山任意亲吻碧空

波浪互相拥抱

假如她也可以这样

她的生活就会充满快乐

诅咒

那个漆黑的夜晚

鲁襄公没有逃脱上天的诅咒

叔仲带偷走大璧

就在这近乎安宁之时

尚未完工的楚宫咣当作响

微风让烛光熄灭于烛影

像大海淹没于自己的涛声

让微光成为亲人

守门人

使白天多出一份安全

黑夜多出一点光亮

可那傲娇的王公贵族

只视你为低等的活物

你无法保持超然物外

忍不住酒肉诱惑

弯腰乞来的

却是夷射姑的棍棒

邾庄公啊

即使是干枯的小草

也有朝露滋润

贵族家的看门人

你的乐趣就是这些吗

我分明记得

你给家人点亮了灯火

我从不觉得你渺小

深信终有一日

你会冲破黑暗束缚

让宇宙间的微小光芒

都成为你的亲人

委屈的大鸨鸟

傍晚，云朵铺满了天空

宋人在野外高唱

既已得到满足

就该归还我们漂亮的公猪

大鸨鸟委屈得流泪

卫国太子正指责侍卫

不帮他杀死母亲

天神将阴暗的鸟窝

变成豪华宫殿

并诏告活着的生灵

戏阳速终于闭上眼睛

南子抖不动翅膀了

只能学那大鸨鸟

把预想的无用之辞

葬于流水

种下闪电

谁敢追击廪丘兵

冉猛自告奋勇

吓坏的鸵鸟

将头埋在草垛里

湖面空寂

夜间飞走的鸟儿

阳虎称它很坚毅

我无语，只把闪电

种在无名树下

谁是凶手

我不知怎么写徐吾犯之妹了

尽管她有美丽动人的故事

勒得越来越紧的麻绳

迫使她发出窒息的干呕

公孙黑在她面前冷笑

这不断破裂于悬崖边的爱

因子产的权威言辞而坍塌

非子之患，唯所欲与

也许这话就是凶手

放逐的公孙楚

湮没在夜晚的沉默中

还是忘了她吧

眼泪只会弄湿翅膀

甚美必有甚恶

你这永生之鸟

生下来就不会死

既不深奥也不神奇的格言

因从未失真而广为人知

仅仅为夏姬存在

仿佛冥冥之中早有注定

晋平公强迫叔向娶了

九为寡妇的夏姬的女儿并生下扬食我

羊舌氏家族从此退出历史

容纳虚无与现实的水钵

长存着尤物，足以移人

也隐藏晦暗忠诚

这甚美之物紧挨着尘垢

并插上了翅膀

思人及树

即使天气如此寒冷

我不会怪罪暴雪与坚冰

即使他深受别人打击

我不指责这对自己有利之人

但郑国驷歂杀死邓析后

仍然使用他制定的竹刑

后世将怀念寄托于召伯身上

夜雨落在茅屋顶上

我自省于甘棠树下

年轻时统治着我的情欲

再次充满全身

唯愿这夜雨

把这大地的污垢洗净

风不见了

你把虚伪与愚昧

留给后世

不眠不休的狂风里

我看到你颤抖的肉体

宋襄公啊，当百姓的吃食

不如你家的狗粮

就不必遵循不擒二毛的虚伪

也不必等敌军摆好阵势

商丘的夜色里

风不见了

我失陷在长梧子的大梦中

顺事恕施

他能预知孔氏必有达人

却不知耻辱藏在何处

也曾料定齐庄公不能长久

却要求君主为他立后

臧武仲啊，你这鲁国智圣

为何不懂得谦卑和知足

在海水与火焰同盟的夜晚

深渊也显得浅薄

半透明的夏夜升了起来

像浸过油脂的皮纸

人们放纵远行

臧武仲却不把微光当作星星

这不见容于权臣的大夫

明知至暗是为了黎明

却不在心里孕育一朵花

我祈祷它是一枚变态的叶片

下一刻必定绽放

别让忠善远离

两千五百年前的乡校里

挤满议论政治利弊的百姓

他们喜欢就推行

讨厌就改正

这旧时代月影般的话语

透过窗棂映照无数饥黄面孔

我不知大夫然明

为何要毁掉民主广场

也许他只在意窗台那一袭

能依稀看见洁净的衣冠

那是子产的离愁与憔悴

包括江湖远者的忧虑

我没有看到他的笑容

那漫漶的梅雨

正顺着窗台滴下

在自己的纹理里

汉水东岸的旷野上

牛羊追赶着牛羊

收割后的麦地

小鸡和斑鸠乱作一团

孩子分不清要找的对象

仿佛木头不知道自己的纹理

只是季梁的一个建议

西岸强大的楚国

从此比水桶里的天空更安静

以民为主的天道

使随国百姓的谷仓

盛满洁净的粮食

在这历史的回声面前

我终于肯定

原来自己最期待的

不是君主从沉溺中醒来

而是晨曦里的鸟鸣

落在南宫适的目光中

君子与狗

风穿过树林

掺杂着狗的狂吠

摇尾乞怜的叔孙氏家宰竖牛

听命南遗而杀死亲兄弟

三十座城邑成为南遗的私地

叔孙昭子思考且明白

他杀死竖牛并将他的头颅

抛掷在宁风的荆棘丛中

只是他忘了

是谁使他成为宗主

时间之风吹过逆行之人

树林西边在响

夹杂着狗的低吼

那是嘲讽昭子的声音

当东方响彻时

所有树林已完全静止下来

那条通往墓园的小路上

狗与君子都在叫唤

相鼠

归雁喧嚣于南方的天空

风儿吹尽浮云

庆封沿着那条大道

自临淄来到曲阜

碾一地落英

叔孙豹为他赋上《相鼠》

从此，这条路上

长满累累的野冬瓜

老鼠们大快朵颐

看着挤不出眼泪的贵族

还有那些硕鼠

我相信，棘刺会

开花，结果，繁盛

丢失阳光的人

大野猪嗥叫时

齐襄公跑掉了鞋子

如同悖论，我确信它

就是蒲松龄笔下的妖孽

杀死君主的连称与管至父

是鲁桓公与高渠弥的冤魂

这两千多年的穿越

使君主成为黄昏的麻雀

适合在悬崖边狂舞

身陷坠落的险境

步步惊心

臣民不语不言

管夷吾与鲍叔牙

只带着小主子奔逃

秃鹫啃食残缺之手

饥民手里藏着傲慢的君主

而那头撕咬时光的野兽

龇牙咧嘴

让花朵暗淡于失去阳光的一瞬

不可生也

沟壑深处的檽树下面

有只野兽在嗥叫

那是楚武王寄居的亡魂

邓曼说它叫"盈而荡"

不同于长在石缝里的小草

他总是躲避阳光

我咬紧会转动的舌头

尽量不看与死者同病之人

不要听风

有只狐狸叫文姜

一半像狼一半像狗

她虽替卫国讨回了国器

但在瞌睡车上的颠簸一惊

耗尽了宣姜燃烧的月亮

她常把偷来的鸡

放在牙齿之间

既不吃它也不放走

你要关好门窗

也不要听风

多数风都是狐狸刮来的

它的尾巴正在摇动

可亡也

苍鹰展翅于蓝天

鱼儿摆尾于深渊

那和蔼平易的管仲

匡正天下而不沽名钓誉

有着屈从天性的百姓

接纳一切风雨

我想问那恺悌君子

在扶持齐小白称霸时

是否想过——

要把树木还给森林

让泉水流向溪流

管子啊，瞅那小鸟

只取一枝筑巢

在溪边喝水的老鼠

无非是想填饱肚子

你这近利而好得者

可亡也

知臣莫若君

将死的楚文王

拿什么来庇佑自己

这是申侯的心头之痛

逃亡郑国的路上

带不走黄金与珠宝

在宠侍职务上日渐膨胀的他

居然忘却如何反思与审视

在许多镜子里

在家具光洁的漆面中

他一千次看见自己又忘记自己

唯有"知臣莫若君"这句话

使他想起从不握紧沙子的智者

包括那株一边向上攀爬

一边截断得失取舍的龟背竹

怨岂在明

"怨岂在明"此四字

使我今夜无眠

轻微的重量变成铅块

只有洞察不到的地方

才能拥有单襄公的智慧

青蒿在风的蛊惑下显摆

晋国大夫郤至在王室夸耀

我的手指像鹰爪一样嵌入股肌

血的细流渗进鞋底

我不敢招惹或明或暗的怨恨

只与几只小蚂蚁或小蜘蛛

共同享受这大自然赐予的快慰

只剩下风声

楚王谥号为昭

祭祀不超出本国山川

鸟群不会凭空消失

人无伦理就疯狂

孔子说楚昭王理解大道了

不会失去国家

福祸只在德行

不要得罪黄河之神

陶唐氏遵循天道纲常

天下从未出现大乱

瞅那孤悬石壁的陈旧庙宇

拥有信徒数十

只是法场太小了

藏不下多少灯盏

夜空鄙陋

只剩下风声

其无后乎

听听秦穆公罪己吧

在君主心中

在听得到的每个角落

如春日里应时的暖风

鸟儿会很快传颂

勇士空洞地睁开双眼

保持沉默！

君主承认自己

因贪婪而败坏善良

因愚钝而使孟明受祸

这激扬的言语

承载着一种信心

恳切，真实

主动而且悱恻

君王的称霸理想

射穿树林激荡的空气

秦人坚信保卫城池里的安泰

更为可靠

山林着火了

兔子与松鼠无处可藏

如雨的箭矢

与锋利的戈戟

让西戎从此沉寂

三晋从此衰败

交交黄鸟，止于棘

一百七十七名儒士殉葬

我想他们应该喝醉了

女人哭干了眼泪

这始作俑者

不会拥有牺牲者般的圣洁

六尺黄土才是他们黑暗的荣光

不吐不茹

残缺的圆形战阵

像一条松散的裤腰带

不畏惧权威的子舟

选择笞打宋昭公的仆人

柔软的食物他不吃

刚硬的东西偏下肚

国君不可侮辱的劝言

是那样的咄咄逼人

但他仍用手掌

擦亮动物颤抖的皮毛

云谁之思

我在《诗经》的韵律里

找到了你这"有力如虎"之人

望着你儿子留在

苍茫大地上的金色脚印

我现在才发现

勇毅也是儒士的特性

叔梁纥，你驰骋八十里

挟着举起城门的余威

带领三百甲士冲垮齐军

救出臧武仲

在你的熏染下

我在自己狭窄的格局中

抛却踟蹰于人间的这颗心

一边泅渡

一边梦想着飞上苍穹

唯愿天空这床

收纳星星的巨毯

让我裹在身上

使我在温暖中安眠

选择

为了俊美的公子鲍

而有助施

为了被人群射杀的小鸟

而有旷野

为了无血缘奶奶的权势

而有满足

这新寡的襄公夫人

又有初夜

为了陷在山谷的尸骸

我的灵魂向往天穹高处

只为让呐喊冲破云霄

孔子归鲁

十四年风雨苦旅

爱自己更爱世人

小人的构陷

以及坎坷的命途

没有使你踌躇不前

你决然用双脚独立

让新血持续生长

你有时像丧家之犬

有时又像决斗的勇士

在所有极端和对立产生的地方

你把智慧献给顿悟的双眼

把阳光下的尘世

献给扮演远大理想的人

树林不择鸟兽

叶子只想落在树根

你在鲁人的感召下归来

时光漫长

轮回无休无止

在你的地平线上

已升起一抹洁白的黎明

理由

我知道她不能存在的原因

如同我知道没有什么

比史册上的道路更加坎坷

这侯门的规矩

拒绝子叔姬活下去

即使她是公子舍的母亲

鲁文公的女儿

我还知道梦存在的理由

梦里的一棵树

能使旷野不太孤寂

她的死，复活了文字

夜未艾

当夜幕侵蚀天空时

郑厉公杀了傅瑕

没有助他复位的原繁

自缢于君主的责难

臣无二心的说辞

在空气中破碎

南门外蛇咬死了内蛇

君王把手砍向夜空

我因凡俗

听不懂夜的回应

只能把烦恼枕在脑后

将它压扁

新醒

松木之火映红夏姬的脸

整个没羞没臊的夏天

她都在欢娱中度过

月光惨淡

夏徵舒的仆人

拖走陈灵公的尸体

尚在滴血的长剑

恰如一道闪电

为黑夜打上光明的标点

痛苦和愤懑

在夏徵舒的发际线上堆积

沉默已久的喷发

像呼啸的风吹过太皞之墟

留在颖水的灵魂

在灯火阑珊处寻找宿主

我在心之一隅

为陈国司马竖起一座丰碑

这未央时的新醒

使黑夜换来明天的太阳

陷阱

下雨了

臧文仲说那是云在哭

老虎会对绵羊仁慈

小人只为侍候大人而生

柳下惠捂着嘴巴加快脚步

这迂腐之人的腐朽教条

得到了孔子的赞美

臧文仲俊美的身躯

已被岁月磨损

曲阜之夜的凹陷处

他鄙夷孔子的偏见与局限

难道展禽不应罢黜吗

六关也没有废错……

夏父弗忌举行逆祭祀

臧氏织席贩卖……

居于庙堂的展禽

却在追随另一道影子

假使没有臧文仲创建的秩序

会有多少百姓因此而悲伤

那些苍穹上的银色骚乱

是真的，还是一场梦

我徒劳地反复告诉自己

那只是一个陷阱

君子在深渊

梦醒时分，我感觉

自己已立于深渊边缘

君子不食奸

惊悚间听到的这句话

我沉吟良久才明白

原来自己做了他人的梦

我在梦里看到

深渊下面是更深的深渊

嵌刻上面的

是一株蜡梅的容颜

还有几支翠竹

那是深渊体现的冷漠

也是群体的沉默与坚韧

谄媚是道德的死敌

吊唁坏人是对好人的羞辱

琴张啊，我不劝你卑以自牧

深渊在低处，更在高处

还在一步登天的云梯之上

它对人的吹捧视而不见

这深渊中的君子

从不漠视黑暗

渊兮，似万物之宗

深渊之藤长长而不及

陷落的黄昏

树影碾压人影

光斑在苟延残喘

祭仲的军士

在温地收割麦子

阳光散去

乌鸦仍在聒噪

互换的质子

像觊觎宿主鲜血的跳蚤

盟会上的每句高喊

都是远方滚来的空雷

某个低沉的地方

一只瓢虫落在献祭的

待嫁女身上

她虔诚地捧起

白蒿、大萍与藻类

还有盛水的竹器

威仪尽失的周天子

陷落黄昏

仿佛在探究——

天神的眼睛沉迷于什么

一盏灯

油尽了

她一头撞向石柱

雪地上溅起朵朵血红的玫瑰

映照她与孔父嘉的背影

也守护最后一点微光

在那古老的时代里

爱的繁衍与生殖

像一盏不熄的油灯

夫唯不争

孟子说，春秋无义战

残杀太多无辜生灵

彼善于此者

是重耳退避三舍

子玉怒了，穷追不舍

吓坏的不只是三军

还有走兽、飞鸟和草地

晋文公的大帐里鹰在集合

子犯设下了埋伏

砍倒的树木

成为一群不能呼吸的勇士

无数军士死在旷野

另一些士兵抱着他们

风吹过头发

像吹着一块草皮

吹不走子犯的心机

审视这历史

我只想借惠施的葫芦

做一只泛浮泛沉的腰舟

授人以柄

我想到彼岸去

我想站在芒砀山上

睢水涂改着商丘的颜色

也涂改着流动的我

我的影子倒映在井中

像那柄救起郑人的长戟

也像那棵被雷电烧焦的黑槐

是谁有过救起敌人的渴望

有了好名无实的念想

狂狡只能成为一只弃履

压得路上的小草喘不过气来

我无奈地翻动时间的秘密

生，亦我所欲也

这是真实的孟子

而我正不可避免地坠入其中

像蛇那样

只有度过一个漫长的冬天

才能脱去耻辱和羞愧的皮

雨夜

霸主晋文公啊

这天下是你的吗

这盟会是你可以召集的吗

不。今夜没有风，没有炊烟

也没有盛开的花朵和鸟鸣

雨还在下，日月生满菌斑

即使是这样耻辱的夜晚

也不是完全属于你的

白骨、亡魂及难民

都由你所造就

不要以为他们会永远消失

他们从空气里摄取养料

等待阳光赐予钙质

雨停了

松开手的树叶纷纷飘落

百姓趴在腐朽的泥土上

聆听秋虫的悲鸣

我的手指沾着细雨和青草

带着浓烈的血腥气息

将内心的誓言玷污

独自狩猎的周襄王

在这凄风苦雨中

你是否得到了什么启迪

臣子不能召集君主

仆从必须听命于主子

也许这孔子的言辞

能让你的心灵得到慰藉

但为了避风躲雨的百姓

只能落脚到哪里

就让那里成为安身之地

望着山谷燃起的野火

想起昨夜与我对话的朋友

然后在噼啪作响的声息中

酣然入睡

我不再历数寄身的故地与悲伤

只取出一粒火种揣在怀里

然后挺直腰板

向每一次苦难

每一个未知的世界

孤身走去

士随将走

目击齐国失败的稷曲

泛出点点新绿

冉求听从樊迟的建议

三刻而逾之

将士紧随其后

假使没有这些

稷曲将是一片荒芜

甚至灭亡

中华文明的精神之灯

就不会有这么明亮

君子死，冠不免

猫头鹰鄙夷朝歌时

孔姬与她俊朗的情人

带着大公猪挟持了孔悝

食焉，不避其难

听着仲子豪迈的声音

我想要发泄一秒钟

将剁成肉馅的他晒在簸箕上

让风一点点带走附着其上的盐分

然后深呼吸

等待他明天复活

风在旷野禅定

尊严没有踏入泥泞

子路不惧剑戈

一边从容系好帽带

一边高声喊道：

君子死，冠不免

尘世被藏进孤独

落日已将草木笼罩

我不再眺望簇拥北辰的群星

只尽情享受这灯火

自沉于夕阳

扁担

狭长的凭几

像一条银色扁担

挑着公权与公理

曹刿的声音

恍若一缕清风

从这端移至那端

草木不能当作旗帜

小鸟也需要填饱肚子

这温婉细语

有一种不为人知的念头

使鲁庄公明白——

肉食者是空气的奴仆

悬挂在可有可无的边缘

曹刿才是一把钢刷

像用流动保持品质的风

他用智慧刷亮自己的双眼

并从邈远处看清现实

齐军败于长勺

我在黑暗中玩味书籍的意义

孔子请战

斋戒三天，请战三次

这是你的另一种容颜

如同沉寂中天际的惊雷

使文弱书生的称呼

彻底消失

杜鹃在灰白的苍穹

高唱着归去之歌

你请战的底气

是民为邦本

齐大夫陈恒弑君

不亲附他的人有一大半

压迫许久的百姓

会让齐国军士的骨骼

发出碎裂之音

你这赋闲之人

我听过你的心声

曾居大夫之末

岂能不忧君忧民

但你的头发

修补不了雨幕

黑暗之门

已被三桓打开

你那追求大同的心

让苦难的时代

劈成两半

罪无所归

罪无所归则加我

以我为说

先縠及其氏族被夷灭

晋国危如累卵

明堂空空，我静默无语

回声

我惊叹于宋仲子命运的神奇

生而有"为鲁夫人"的掌纹

如同伏羲女娲的朽木传说

这天作之合

有孔子藏在《春秋》里的羞愧

丑小鸭梦想成为天鹅

宋仲子由妇人变为小君

当极致的妒羡成为臆想时

狗尾巴草就会昂起头来

模仿参天大树

我把手指朝空阔弹去

触痛的是回声

寂静

我在风的低语中渴望

一片够得着的遥远的风景

亲有礼，覆昏乱

这是仲孙发自临淄的声音

如同玻璃上的白色雾气

朦胧了落姑盟会台

也淡化了君主的蓄势待发

树干倒下了

树叶就无所依存

这藏在我心里的静静思考

像雪花悄然飘进黑暗的屋子

琴瑟和鸣

叮咛的确有一种金色

能映照人的心房

晋国大夫伯宗每次上朝前

夫人都要轻言几句

帮他整理衣冠

使他走在和煦的道路上

窃盗无不憎恶主人

百姓讨厌权威者

这夜莺般的声音

像微风中的一缕轻烟

溶落他心中的日月

他明白了

直率会招来灾祸

愤怒会淹灭良善

不要以为仍有时日

明天的暴风雨

将把你挤出窗外

夜的海洋会将弄潮儿

沉入无际的黑暗

也许叮咛这个词

不能体现鸡鸣的意韵

但燃烧的金色

会使琴瑟和鸣

圣人祭

呜呼哀哉，至圣先师

你枕着初夏的细雨入睡

两楹间的梦带走月光

一些事物从此开始沉静

那尚存的温度

保留了尊贤与律己

风，吹散哀公的诔词

旻天不吊，不憖遗一老

我想写首诗给甘棠

用它的饥渴

吸吮你留在大地上的乳汁

哦，你就是那棵甘棠

整日里仰望大道

银色的薄雾

驻足摇曳的叶瓣

别了，圣人

当甘棠绽放水红色彩时

我就捧起你洒落人间的心血

再将它化为河流

世间没有真能回头的河流

如同秋日草原或海棠的火红

相约一起枯黄并彼此忘记

但后世永远不会忘记五经之义

无以自律，请归我尼父

圣人，请小心野风

它已扫落飘零的记忆

人世的热度还没有消散

我将在清凉的晨光中

接受难以预想的另些事物

并在秋天结束之前

抒写予我感怀的一切

让它们延伸

黄泉有觉，是格是尝

呜呼哀哉，伏维尚飨

再拜

夏四月己丑

后记

年过花甲，我常想从纷扰中寻出一点闲静来，然而委实不容易。虽然前半生的事业不值一提，但那些过往的片段和插曲，如果仅停留在记忆中，那这一生似乎就虚度了。我不能忘掉所经历的一切，不能浑浑噩噩度过余生，总幻想着做些有意义的事情。正因如此，我才有了写作的冲动，而记忆中不能淡忘的部分，成了我创作《春秋诗札》的来由。《春秋诗札》既是为了报答父亲，提前给地府呈上一份札函，以便日后见到父亲时，不至于内心太愧疚，同时也给自己一份安慰，证明自己没有虚度光阴。

我的父亲是一位私塾先生，在我犯错陷入迷茫与恐惧时，父亲总会督促我静下心来读点书。父亲让我读的书无非《诗经》《幼学琼林》之类，他见我不喜欢这些提升言辞技巧的书籍，又从他先生家弄来了《论语》《左传》《道德经》《礼记》《周易》等书。可惜的是，这些书后来让不识字的母亲当废品卖掉了。我走马观花读了几本，做了一些笔记，有几本还抄了下来，然后自己断句，不承想这些无心之举成了我创作《春秋诗札》的素材。

近10多年来，我常常出入于朋友的店铺，其间，我有幸结识了樊健军、戴逢红、钱轩毅、匡才金、曹奇及陈伟平等一众朋友。也正是因为认识了他们，受了他们的影响和熏陶，我这个虽爱读书但无高学历的泥瓦匠才敢用拿瓦刀的手提起笔来写诗。我算是豁出去了，无论好坏，反正丢不了自己的脸面。

从2023年6月14日开始，在朋友们的鼓励和指导下，我尝试着写了两组新诗——《乡村纪事》和《沉默的石头》，但都不甚满意。幸运的是，我从朋友的诗中读到了自己感兴趣的东西。譬如，在陈伟平的《井里的鱼》里，我读到了庄子的"涸泽之鲋"；从樊健军的《固定之物》里，我读到了孔子的"逝者如斯夫"及曾子的"士不可以不弘毅"；在戴逢红的《无缝塔》中，我似乎听到孔子说"天何言哉"。此外，朋友还推荐了一些诗歌给我阅读，有昌耀的，有韩东的……还有李敬泽先生的《鲁道有荡》等随笔。这些作品使我惊叹不已，原来典故可以这样写。这启发了我，用现代诗的形式来讲述《春秋左氏传》中的故事。

起初，我只是叙述《春秋左氏传》里的故事，从隐公元年开始，按编年顺序来写。写了几首后，我隐约感觉有不妥之处，便向几位朋友请教。他们建议我写"春秋"不要陷于"春秋"。迷茫之际，戴逢红以他写的《橘颂》为例，说他基于屈原的《橘颂》而又脱离原诗进行创作，这样才能使新作得到升华。

这可难倒了我，幸而读过几首《诗经》上的诗，知道一点兴赋比风雅颂，我开始模仿这些手法，要么起兴，要么铺陈直述，要么类比。总之，照着古人的写法来，然大多不如人意。既然此路不通，那就在意象上下些功夫，同时感觉意象这玩意比较天真。如"我把发烫的脸颊葬于漫天雪野""冰凉是另一种温暖""当主人以口哨召唤他的犬时"等句子都有孩子气，不过自认为效果还可以。我想借此创造出生活的清新与生动感，同时极力避开那些貌似宏大的题材。

有谁因找不到意象而坠入痴傻困顿的么？我就在这样的痴傻困顿中，看到自己的鄙陋和不足。写《围剿》一诗时，我本想呈现京城太叔心中的恐惧，但一连几天都不知如何写。有一天半夜里我一个人坐在客厅，没有开灯。因为怕黑，我就吹口哨为自己壮胆，想当然地以为诗里的人物也会像我这样，便写了句"这黑夜吹口哨的旅人／犹如鄙地山谷的京城太叔"。上下连起来读，感觉有点牛头不对马嘴，很不妙。我自嘲地把这句诗比作牙缝里嵌的肉屑，除了表示饭菜吃得好，此外全无用处。次日，匡才金给我讲了个抓鱼的故事，我便想起小时候用稻草编织的拖网捕鱼的事，便将此句改为"惊恐的鱼儿盲目奔逃／犹如鄙地山谷的京城太叔"，这才感觉有点"围剿"的意思。又如《滗出一个黎明》，先前的标题是《让黑夜化出一个黎明》，我在写下"我的手从远古伸过来"时，觉得手不能让黑夜化为黎明。正苦恼时，樊健军说黎明的到来，必须先经过黑夜澄清再轻轻滤出的过程，因此改为"让黑夜滗出一个黎明"。再如《陷落的黄昏》，前两句原是"月影压着船影／湖面不堪光斑之重"，又觉得无法体现那时人的凄苦与无奈，倒有点描写景致的味道，所以改写为"树影碾压人影／光斑在苟延残喘"。

正是这种折磨，让我好几次想停笔不写了，觉得自己不是写诗的料。但在朋友的鼓励下我坚持下来了，并且在虚荣与自我满足中把它写完了，算是小有收获吧。在此要特别感谢一路陪伴我、支持我的朋友们。我因不会使用电脑，每完成一稿都要让许健帮忙编排，他前前后后帮我编排了 10 多次。又如上述提到的几位朋友，我每打印一次，他们就帮我看一次，并提出修改意见。还有卢卫芳，我每修改一次，他便帮我打印一次。

就这样，我在 7 个来月的时间里，以近乎折磨自己的方式写完了这 92 首诗，并在 2023 年年底定了稿，也算痛有所得。坦率地说，每写完一首自我感觉还满意的诗，我都快乐得要跳起来，甚至想跳过黑夜而飞到黎明。于我而言，写诗的经历是一种在痛苦中感受快乐的磨炼。如今，《春秋诗札》即将付梓，这是我人生最大的进步。倘有机会再度提升，我必不会浪费生命中的好时光，仍旧愿意在这种痛苦中感受进步的快乐。因为我相信痛苦不会持久，能持久的一定不是痛苦。

如此说来，我已知自己的诗与艺术的距离有多么遥远，然而竟有出版的机会，无论如何不能不说是一件极其侥幸之事。这侥幸仍使我无比快乐。

是为后记。

徐锋

甲辰岁春正月丙辰写于修水